撰文者
李淑楨：資深編輯，二十餘年來從事台灣文史類出版品之編撰。

插畫家張振松
四十餘年插畫生涯中創作了許多清新雋永、溫暖人心的作品，並獲得金鼎獎推薦以及行政院新聞局年度少年最佳讀物、好書大家讀等獎項，作品包括《目連救母》、《老鼠捧茶請人客》、《晒棉被的那一天》、《阿金的菜刀》、《等待霧散的戴勝鳥》、《砲臺歷險記》、《八千歲亮島人》、《晃晃老師的禮物》、《石滬股份有限公司》、《動物大車拼》、《夏天吹起的風》等近五十冊圖書。

釣魚台教育協會
成立於 2017 年 1 月，秉持著保釣老將林孝信推動「釣魚台公民教育」的遺志，延續「保釣運動」的火種，致力於推廣以釣魚台為出發點的社會教育，藉由舉辦展覽、講座、研習營、出版宣傳手冊、拍攝紀實短片、製作民俗小戲等多面向方式，讓大眾認識「保釣」的時代脈絡與台灣本地的過往歷史，為台灣社會愛鄉愛土的公民意識，帶來正向的幫助。

ㄊㄞ ㄅㄧㄣ 無人島

文字・李淑楨　繪圖・張振松

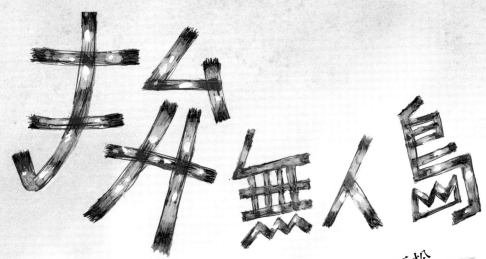

釣魚台教育協會

目錄

〔前言〕藍色的海田

台灣東北部海域有一座無人島，她的名字叫釣魚台，和周邊的南小島、北小島、赤尾嶼、黃尾嶼等五個主要島嶼和數十個岩礁，合稱釣魚台列嶼，和台灣「北方三島」花瓶嶼、棉花嶼、彭佳嶼同屬東海大陸棚邊緣的火山島嶼。

黑潮洋流由赤道帶著暖水北上衝撞東海大陸棚南緣，形成湧升流，帶來了養分及浮游生物，又與東海南下的冷水在此海域交會，潮來潮往，形成了西北太平洋的良好大漁場，隨著季節洄游各類高級底棲魚、鯖、鮪、鯊、旗、鬼頭刀……在此聚集。大海就是漁人的田園，出海捕魚，有如在海上的田園耕耘，船頭尖尖，就像農人耕田的犁頭，在海面上畫出一道接著一道的波紋。

「鯖魚的故鄉」南方澳和台灣東北部各港口的漁民，近百年前，開始隨著黑潮挺進釣魚台海域「討四季海*」，在這片藍色的海田辛勤捕魚，養家活口。釣魚台島無人居住，漁民稱之為「無人島」，這片海域經常風強浪大，海象多變，早年漁船小、設施少，到這裡捕魚，風險很高，所以到無人島捕魚叫做「拚無人島」。

一代又一代，從只靠羅盤、收音機和經驗拚風拚浪，到擁有先進的衛星導航和探魚、測流等設備，漁民在這片海田努力生存，共創地方的繁榮。而今，釣魚台列嶼還被日本霸佔，讓他們再也不能自由地「拚無人島」，只有黑潮，依舊強勁地往東北方向、往釣魚台海域流去，他們期望著重返這片海田……。

廟口的小戲　2021 年 4 月 15 日，鮪魚季已開始，
南方澳第一漁港港頭的南天宮媽祖廟
比平常日子還要熱鬧，人聲浮動，
聖湖社區三、四十位阿公阿嬤排練好幾個月的
「拚無人島」小戲＊即將在廟埕公演。
阿公阿嬤們穿著印有「拚無人島」大字的背心，
和地方人士、外地來的保釣人士，
列隊向正殿的「金媽祖＊」神像祝禱，
主持儀式的道長誦念保釣人士寫的「保釣三帖」：

（一）
黑潮滾滾，潮來潮往
拍打著釣魚台列嶼
那一片藍藍的海連天
是咱祖先傳下的海田
有魚有蝦有珊瑚

恭敬一拜
媽祖保佑：生生不息

（二）
黑潮滾滾，風風雨雨
吹襲著釣魚台列嶼
那一片遼闊的海平面
是咱寄託希望的所在
大船小船自由行

恭敬再拜
媽祖保佑：豐收滿載

（三）
黑潮滾滾，年復一年
見證著釣魚台列嶼
那一群美麗的無人島
是咱繼往開來的鄉土
子子孫孫代代傳

恭敬三拜
媽祖保佑：早日回歸

大海般壯闊的音樂聲中，小戲拉開序幕，
廟埕上，鼓浪手掀動藍色的布條，模仿洶湧的浪峰，
五、六艘「跑旱船」改裝的漁船，在浪中顛簸前進。
七十六歲的退休老船長阿派在圍觀的群眾中看戲，
好像重返無人島海域的討海歲月，
心情隨著鼓樂聲起起伏伏。

從南方澳海口囝仔成長為熟練的船長，
阿派熟悉那片海域的風浪星月和魚群，
也經歷過被日本公務船驅趕的無奈處境，
他「拚無人島」的故事，很長很長⋯⋯。

內埤海沙埔的少年

1958 年，炎熱的七月天下午，東南風軟軟吹來，
十三歲的阿派和五、六個同伴雀躍地連走帶跳，
經過擺滿鏢頭 * 的堤岸，來到熱燙燙的內埤海沙埔。

海浪有秩序地拍來、退去，
「一、二、三」
浪來，孩子們泡在海水裡算浪頭。
「一、二、三」
浪退，他們又開始算海浪拍擊的節奏。

浪頭又起，等到第二波浪頭消失時，
「一、二，衝啦！」
他們像海豚一般地衝向迎面而來的水牆，
讓第三波高浪把他們舉高，
在浪裡翻滾浮沉，再游回岸邊。

戲浪了一個多小時，阿派提議
「明天來游中心礁＊！」
「好啊！好啊！然後再去海水浴場＊抓螃蟹！」
歡快的叫喊，與海浪聲疊在了一起。
大海就是南方澳囡仔的游泳池，
潮來潮往，跟著海浪的節奏一起長大。

引擎一響　黃金萬兩

阿派成長於南方澳走向繁榮的 1950 年代，
從第二次世界大戰末期被美國飛機轟炸的殘破中重建，
小小的漁港時常擠滿六、七百艘本地和外來漁船，
引擎聲一陣陣湧進港口，好像帶來一批批的金銀財寶。
阿派的爸爸和南方澳漁民都是「討四季海」，
魚市裡旗魚、鯊魚、鮪魚和堆疊成山的鰹魚、鯖魚，
應時出現，運氣好的話，
抓一尾旗魚，勝過種一甲地的收益。

那時南方澳的魚市是在港尾的「水產 *」，
阿派常跟著阿母在那裡等阿爸的鉤艚仔 * 回來。
一艘艘排隊進港的漁船中，
阿派遠遠看見阿爸站在「金漁興」船艉疊高的竹筏上，
船靠岸，阿爸和幾位船員俐落地卸魚、賣魚。
阿派欽羨地看著，仰頭跟阿母說：
「長大了要和阿爸一樣做船長抓很多魚、賺很多錢！
蓋一間三層樓給阿嬤、阿爸、阿母和弟弟妹妹住！」

阿母微笑，這孩子是躲空襲之後出生的，
自小膽子大，沒想到志氣也大呢，
她摸摸阿派的頭說：
「要賺大錢，就要先買一艘船，
走，來去看你阿爸今天抓了多少？」

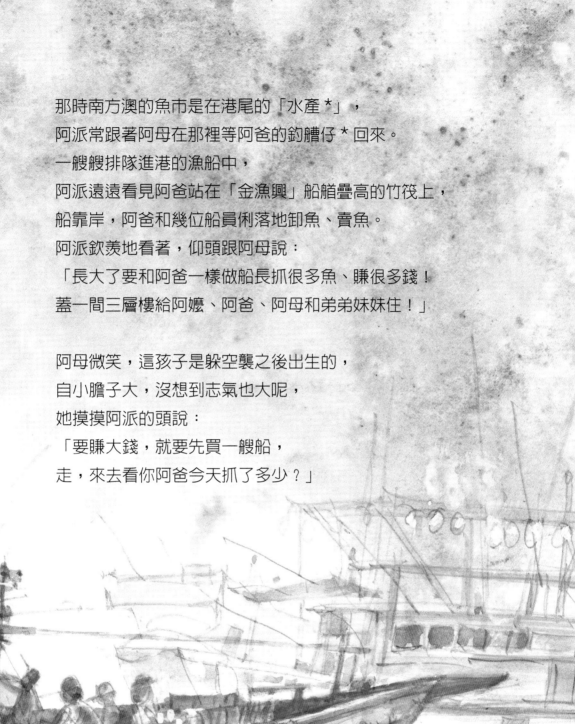

劈哩啪啦！對面筆架山下造船廠船塢響起了陣陣鞭炮聲，
是新船下水！丟包子＊了！圍觀的大人小孩紛紛搶著接，
阿派遠遠看著新船結滿五顏六色的綵帶，
南天宮祈來的順風旗，高高聳立，
「好！等我長大一定要買艘船，和阿爸一樣去無人島抓魚。」
阿派的心願和那面順風旗一樣，被東北季風吹得獵獵作響。

12

航向無人島

國中三年級時，阿派就想上船開啓船長之夢，
「去無人島抓魚並不簡單。」父親語重心長地對他說：
「大家都知道那邊的魚又多又肥，
但是，魚不會自己跳上船來給你抓，
什麼風向、什麼潮水、要把船駛到哪裡抓什麼魚？
要靠經驗和知識。」

「你先在沿海練習，熟悉釣法之後，再去無人島。」
阿爸答應阿派利用假日上船，
從最低階的「煮飯仔＊」兼打雜做起。
在近海的紅火心＊、龜爪出＊、粉鳥林等漁場，
年初釣鯖魚，春夏捕鰹魚、抓鬼頭刀，
秋冬鏢旗魚、捕鯊魚……，阿派跟阿爸學了很多。

十六歲的夏天，阿派第一次出海到無人島釣鯖魚。
阿爸照例去媽祖廟擲筊請示出航日，祈求平安滿載，
得了連續三個聖筊，很好運。

那天下午，港內風平浪靜，
船長阿爸連阿派在內船員共十六人，各自分工，
將一周的米糧、淡水、漁具搬上船。
阿派擔任煮飯仔兼釣手，可得分成、分紅比較多，
「終於可以開始賺大錢了。」他充滿了期待。

整補作業進行到黃昏，
南安檢查哨旁，引擎聲蹦蹦作響，
十幾艘漁船陸續等候檢查。
金漁興第一艘出港，其餘船隻像雁群一樣地跟進。

金漁興駛出三仙礁，往東北方向進入黑潮，順風航行。

開了十二小時，已近清晨，風浪愈來愈大。

「無人島快到了！」

站在竹筏堆疊最高處的老船員「烏肉叔」指著東邊說。

阿派順著手勢看去，晨星微亮的遠遠海上，

浮現一個三角形的島，好像頂端缺了一角的斗笠，

「原來這就是無人島！」

阿派做好早飯，船員們匆匆吃過就準備釣鯖魚，
阿爸要阿派幫忙打雜，沒有跟著下筏釣，
直到晚上才真正第一次在無人島釣鯖魚。

日頭漸落，晚潮將至，大家早早吃了晚飯。
阿爸將船駛到無人島南方海面，
「準備下筏囉！」

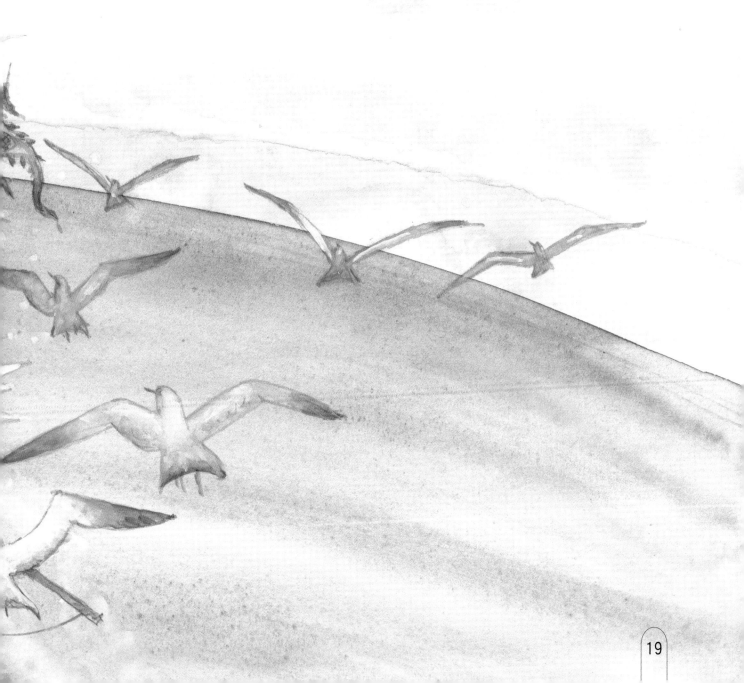

竹筏有如母船的子船，
一艘釣鱙仔漁法的漁船載一、二十隻筏，
一個釣手一隻筏，間隔四、五十公尺依序放下海。
阿派第一個下海，跳下竹筏蹲伏穩定後，
趕緊將竹筏頭的兩條繩子繫牢腰部，
矮凳、裝了釣魚線的魚簍、網袋也都綁好，
然後蹲坐在矮凳上搖櫓划動竹筏。

大家都下筏後，天色已暗，
阿派和釣手們紛紛點亮手電筒和燈籠浮標，
十幾盞紅色的燈火，漂在暗茫茫的海面上，
隨著急速的海流往無人島方向漂流。

阿爸說過再往北一點，就是魚最多的地方，
阿派邊留意著前方以及與其他竹筏的距離，
邊把釣魚線放入海中。

滿天星斗，雲絮飄得飛快，
等待鯖魚上鉤的時候，
阿派聽著海風、海浪、海鳥的聲音，
感到大海上的自己是這麼渺小，
漁燈與星空相輝映，美麗，卻好像暗藏危機。

阿派的手指被釣魚線帶動了幾下，
鯖魚開始吃餌了！
漸漸的，手線被拉扯得愈來愈重，
阿派心臟砰砰直跳：「上鉤了！」
奮力拉起長長的延繩釣魚線，
將三、四百枚釣鉤上的鯖魚一一取下裝入魚簍。

母船開始收筏了，
最早下筏的阿派，離母船最遠，
忽然間，一個側浪打上竹筏，
阿派重心不穩，滑落海中，
幸好他身上綁著竹筏繩，沒被海流沖離，
阿派一手抓過燈籠，向遙遠的母船桅燈揮舞，
高喊著：阿爸，阿爸……。

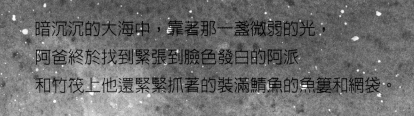

暗沉沉的大海中，靠著那一盞微弱的光，
阿爸終於找到緊張到臉色發白的阿派
和竹筏上他還緊緊抓著的裝滿鯖魚的魚簍和網袋。

阿派是最後一個被拉上母船的菜鳥釣手，
第一次「拚無人島」釣鯖魚就豐收，卻差點沒命，
阿派激動得在臥艙裡翻來覆去睡不著，
清晨三點多就爬起來煮飯，再跟著大家下筏。

金漁興這趟運氣好，三天就滿載返航。
漁船繞過三仙礁，駛進蘇澳灣，
阿派學著烏肉叔，爬上竹筏頂端眺望。
進港了，水產邊的碼頭大小漁船忙卸貨，
賣魚的、拖魚的、運冰的、撿魚分類裝箱的，
熙熙攘攘，阿派一眼就看見人群中抬頭張望的阿母。

翌日上午，阿母帶著阿派到港頭媽祖廟，
「媽祖有保庇，平安無代誌」阿母心裡默念著。
拜謝媽祖後，母子倆難得一起在廟口小攤吃枝仔冰，
冰涼清甜入口，阿派心情愉悅，
金漁興幾天後就要再去「拚無人島」，
此時正停泊在廟前漁港，等待下次的海上拚搏。

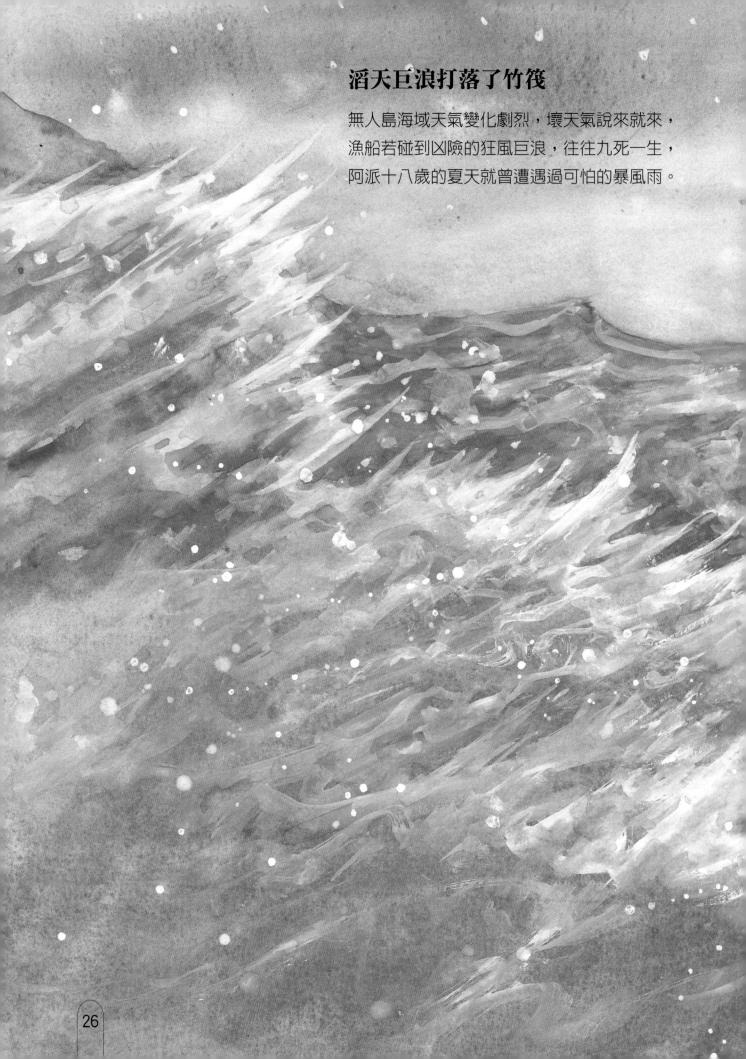

滔天巨浪打落了竹筏

無人島海域天氣變化劇烈，壞天氣說來就來，
漁船若碰到凶險的狂風巨浪，往往九死一生，
阿派十八歲的夏天就曾遭遇過可怕的暴風雨。

那天上午，金漁興在鳥嶼東南方海面作業，
大海像凝固一般，平靜無波，
不見捕食的海鳥和逐浪的鯊魚，
也沒半點風，陽光熱燙燙，一切都很異常。
阿爸他們知道「大報頭 *」要來了，
便趕緊收筏，打算駛往無人島東南方兩三海浬的鳥嶼，
鳥嶼的灣澳、鳥嶼和蛇嶼之間的小海峽，都可避風。

收完筏，天空已烏雲密布，海面颳起七、八級風，
那年代小漁船沒有自動舵，全靠手勁轉動，
碰上強風巨浪，舵輪極難操控，
阿爸使勁掌舵，拚命對抗層層湧來的浪峰，
偏偏暴雨和浪花白沫又降低了能見度，
金漁興就這樣在一波波巨浪中搖晃、起伏，艱難前進。

入夜後，風浪更大，暴雷閃電接連而來，
一道高聳的猛浪拍擊船艙，
三艘竹筏被沖落入海，接著又兩艘滑落，
阿爸見狀大喊：「不要管竹筏！沖走就算了！」
幸好，真是幸好，海水沒有滲入船艙，
畢竟金漁興是木殼船，本就容易漏水，海水入艙就慘了。
晚上十點了，大家聽著尖嘯的海風和浪濤聲都不敢闔眼。

清晨四點多，風漸平，浪漸靜，鳥嶼尖聳的礁岩
出現在稀微的海色天光中，
灣澳前停泊著十幾艘藍色的台灣漁船，隨風浪輕盪，
感謝神明庇佑，金漁興總算是挺過了。
阿派趕緊做了早飯，大家整晚粒米末進，
大口扒著鯖魚醬油拌飯，滋味無比香甜。

回到南方澳後，阿派聽說有一艘漁船在那晚風大浪急之時
在無人島觸礁，二名船員跌落入海，沒有尋回。
討海人，三分命，就是這樣無奈無常吧。

在鳥嶼撿海鳥蛋

海鳥蛋，是阿派小時候對無人島最早的印象，
阿爸時常帶鳥蛋回來加菜，紅紅的蛋黃特別香，
阿派對那片遙遠的大海充滿了想像，
等到自己成為討海人，才親眼見識到無人島海域
海鳥多到整群飛起來時，天空都被遮住了。

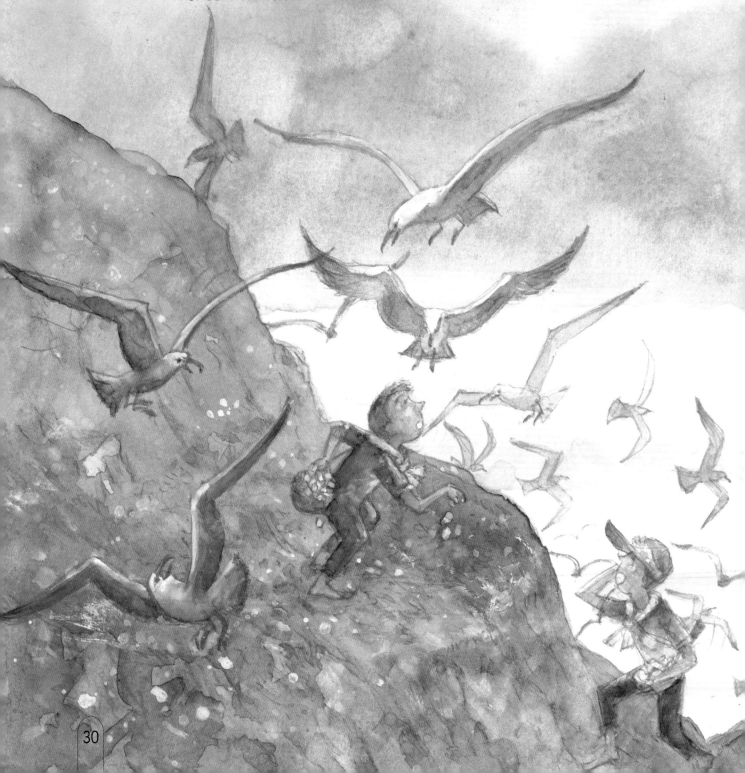

無人島海域各島都有海鳥，鳥嶼和黃尾嶼最多，
阿派二十歲時第一次在鳥嶼撿鳥蛋。
晴朗的六月天，金漁興返航前的下午，
海流平靜，陽光溫暖，
阿派和船員們穿戴斗笠、油布衣，以防鳥屎，
二人一組划竹筏到鳥嶼和蛇嶼之間的小海峽，
靠近鳥嶼淺灘，跳上礁石登島，再爬上一個大緩坡，
視野頓時開闊，西北方的無人島，近在咫尺，
峭嶺嶙峋，陡崖絕壁斜斜插入海中，
很像橫放在海上的巨大骨螺。

天空忽然暗了下來，
在上空盤旋的海鳥整群展開又尖又長的大翅膀，
像一大團雲，快速隨著氣流移動，
飛降在只生長一些短草的光禿坡面上，
嘯叫聲此起彼落，響遍周遭。

「海鳥下來生蛋了！」經驗豐富的阿祥說，
他是烏肉叔鄰居的小孩，比阿派早討海好幾年。
阿派看到這裡那裡很多破蛋，
阿祥說很多人撿鳥蛋拿去賣，一個五角，添補家用，
怕撿到快孵出或不新鮮的，就趕走鳥、敲破蛋，
好讓海鳥再下蛋，返航前來撿，才不會臭掉，
他們正好碰到海鳥下蛋，就不用這樣做。

海鳥不太怕人，會對「偷蛋賊」啄頭啄腳，
人類一驅趕，有的走開一邊去，
有的則呼嘯著飛到鳥嶼北邊的尖岩上。
阿祥說：「聽老輩講，日本時代，
日本人跑來這裡抓鳥拔毛作羽絨棉被，
海鳥糞也蒐集起來當肥料賣，不知真的還假的？」

大夥兒忙著撿蛋裝在竹簍子裡，
阿派蹲在海鳥身後，眼明手快接住剛生出的蛋，
鳥蛋有著花花的斑紋，和雞蛋差不多大，
頭一次把鳥蛋拿在手上的溫熱觸感，他記憶很深，
後來隨著時代有了生態保育觀念，愧疚也深，
畢竟海鳥和討海人一樣，
都是漂泊在大海上戰風戰浪，辛苦捕魚。

而且，海鳥幫漁民很多，
阿派跟阿爸在沿海學討海時，
不知多少次遠遠看見海鳥群低空盤旋，
就知道那裡魚很多，
趕緊駛船過去捕，大多滿載而歸。

登上無人島

1950、60 年代的十幾噸木殼漁船，水箱容量有限，
拚無人島一趟打拚七、八天是常事，
必要時，漁民就上無人島取水。
除了取水，無人島更是避風好所在。
北風狂吹，就往南岸避，南風強勁，就繞去北邊閃。

阿派廿一歲那年五月的某天中午，
金漁興在無人島西邊漁區遇上強風大浪，
無法下筏作業，便駛到無人島南岸的灣澳避風，
在伸入海中的大石窟內拋碇時，
已有十幾艘台灣漁船在此避風，
有來自基隆、澳底、頭城的，南方澳的船最多。

無人島南岸礁岩密布，有很多龍蝦、貝螺，
阿派和阿祥幾個夥伴坐竹筏登島看看，
靠岸時正值退潮，潮間帶的礁溝殘留著一窪窪海水，
裡頭滿滿龍蝦，魚也很多。

阿祥提議一人抓一窪龍蝦，
大夥兒脫下長褲，褲管打個結，拿來裝龍蝦，
繼續往西走的途中，
看見礁岩、石縫簇生著蒼綠的海芙蓉＊，
阿祥說鳥嶼的紅色海芙蓉療效更佳、更值錢。

走著走著，阿祥指著一處珊瑚礁岸說：
「以前有一次避風上島過夜，
我就是在這裡聽到鸚哥魚睡覺打呼的聲音！」
「是哦？魚哪會打呼啦？」大家七嘴八舌問。
「真的啦，鸚哥魚晚上都躲礁岸下睡覺，
那時我有聽見，想去看，
結果牠們一聽見動靜，啪！啪！幾聲，就逃走了。
無人島這邊，就是好，什麼魚都有！」

阿派第二次登島是在無人島西北邊上岸，
和阿祥他們帶著水桶打算裝水，順便洗個澡，
走過長滿山棕、林投、月桃還有幾株野百合的山麓，
爬上半山坡，阿派看見了阿爸說過的石頭厝。
雖說是厝，但也只剩下石頭砌成的矮牆，
兩三間房舍的屋頂都沒了，任憑海風吹著，
顯得比滿山的荒野還要荒涼。

厝邊有大鐵鍋，一旁有個地下湧泉形成的小水池，
阿派他們在這裡取水、洗澡。
大鐵鍋很像加工漁獲的魚寮用來煮魚的大灶，
阿祥說：「以前日本人就是來這邊做柴魚。」
阿派很不解：「可是我們在無人島這邊捕魚，
沒看過幾次日本漁船啊！」
阿祥說：「大概是很久以前日本時代的事吧，
我也是聽烏肉叔說的，
現在就只有我們台灣船在無人島捕魚。」

擱淺在蛇嶼的貨輪

阿派第一次到蛇嶼是因為船難事件。
1967 年春天,一艘巴拿馬籍「銀峰號」貨輪
從日本開往香港途中被颱風尾掃到,
擱淺在蛇嶼,人員雖救出,船受損嚴重,只能棄船。
消息傳出,不少台灣漁船前往挖寶。
當時正值沿海釣䱡仔釣鯖魚的淡季,
金漁興便帶著拆卸工具開往蛇嶼。

靠近無人島海面時,晴空萬里,海象平穩,
海鳥群飛翔空中,或隨浪浮游海上,景象如常,
難以想像船難當下十一級強風巨浪的險惡。
穿過蛇嶼、鳥嶼間的小海峽,
海面下的珊瑚礁清晰可見。

行經蛇嶼的巨岩峭壁之後，只見巨大的貨輪
擱淺在蛇嶼岸邊，任海浪拍打，
周遭已有一些台灣船和沖繩的漁船也來挖寶，
十幾二十噸的漁船，相較於七千五百噸的貨輪，
好比鯖魚游在巨鯨旁。

金漁興在蛇嶼外碇泊，
船員們下筏划到礁岸，再爬上貨輪。
阿派第一次登上這麼大的輪船，
在忙著鋸銅割鐵、搬拿值錢物件的眾人之間，
好奇地在船艙東看西看，最後進入船長室，
發現一堆海圖和書籍，全都揹回船上，
結果被阿爸罵，不知道幫忙。

第二天風浪大，阿派從竹筏要上礁岸時，
一道海浪拍過來，連人帶筏被打翻，
阿派趕緊拉住綁在腰上的繩子，
腳踩筏邊再翻正回來，渾身濕透，
扭乾衣服便跟著大家到貨輪引擎艙鋸銅管。

傍晚回到金漁興船上，阿爸把阿派叫到身邊
指著不斷拍擊過來的浪頭說：
「討海人要懂得觀察海浪，等候時機，
大浪一直來，心要定，不慌，
每個浪的勢頭大小有規律，
注意哪個浪最大、拍過來後，浪峰是平的，
這時候，竹筏就可以駛過去。」

阿派觀察浪峰，果然如阿爸所說，
「這不是跟小時候衝浪頭很像嗎？」
阿派心裡若有所悟。

金漁興這次在銀峰號上鋸下的銅鐵廢材
拿回南方澳變賣，賺了不少，
阿派則獲得了觀浪等待時機的寶貴經驗。
農曆三月廿三日盛大的南天宮媽祖誕辰祭典之後，
阿派接到入伍通知，
只好暫別南方澳和無人島的鯖魚與風浪，當兵去了。

討海囝仔賺到了「起家船」

退伍後，阿派繼續跟著阿爸拚無人島，
卅歲那年，踏上了人生的新階段，
先是阿爸退休，他接任金漁興的船長，
接著完成終身大事，娶了北方澳人阿枝，
那時正好北方澳漁村因興建軍港而遷村到南方澳。
成家後，阿派更加打拚，
航海日誌上密密麻麻記錄了潮水、海底地形、
各種魚群洄游季節等情況，
每次從無人島捕魚回南方澳，
在魚市場等他的除了阿爸阿母之外，還有阿枝。

和無數的南方澳討海人一樣，
阿派辛勤的在近海和無人島討四季海，
終於實現了年少的心願，
在南方澳大街小巷紛紛起建的新樓房中，
也蓋起了自家的三層樓紅磚造透天厝。

金漁興是阿爸和其他股東合資的，
蓋新房第二年，阿派以自己的資金訂了新船，
是艘廿五噸的塑膠船，命名「金漁興二號」，
比第一代多了十噸，阿派這麼爭氣、打拚，
阿爸阿母歡喜又欣慰。

新船下水那天，滿船綵帶、萬國旗、大漁旗，
響亮的鞭炮聲中，
阿派站在媽祖廟順風旗下的船艏丟包子，
小時候是在別人的新船下面撿包子，
如今自己當了船長，心情激動不已，
以後，肩上責任更重大了啊。

海底劃紅線

時代在進步，漁船設備日新月異，
金漁興二號陸續添置無線電定位器、潮流計，
讓捕魚更加現代化。
然而，時代也在改變，無人島海域早已不平靜了，
1972 年，美國把釣魚台列島的行政管轄權交給日本，
日本政府不准台灣漁船進入無人島各島 12 海浬之內，
派出公務船、直升機干擾、驅趕台灣漁船，
使得漁船空耗油費，有時甚至一無漁獲。

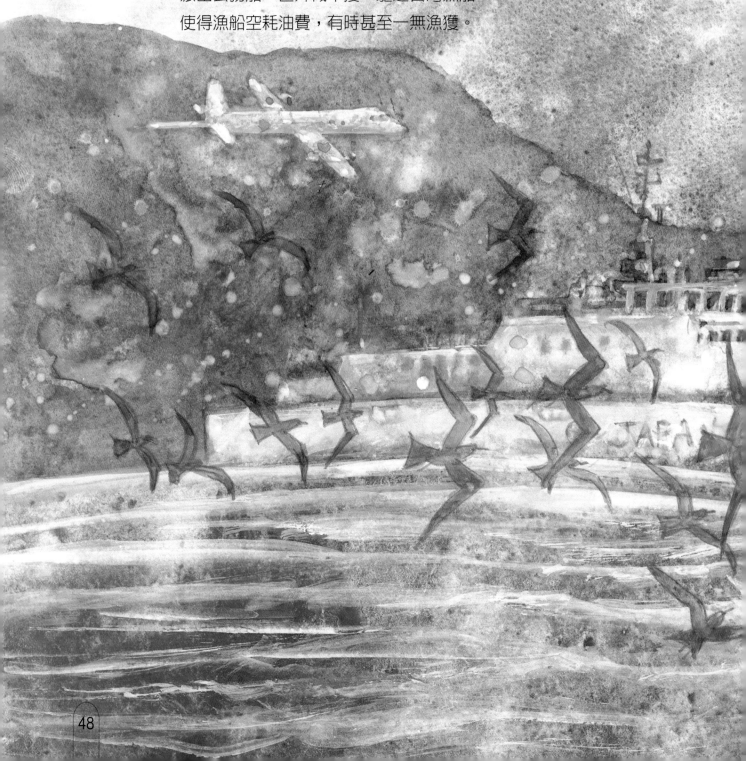

1977 年秋，金漁興二號第一次遭遇日本船騷擾那天，
海上突然颳起十級風浪，便開去無人島避風，
還沒到島邊，天上傳來直升機引擎聲，
一艘日本公務船急急靠過來，拉起布條，
上面寫著日本領海不可作業之類的字眼，
然後幾個日本人搭橡皮艇上船檢查，
還好有一位船員會說日語，跟他們說只是要避風，
日本人說避風可以，沒風就趕快走，不准捕魚。
第二天，風浪稍緩，金漁興二號開到無人島北邊釣鯖魚，
一個多小時後，日本公務船又過來，
竟然把金漁興二號逼迫到 24 海浬之外。

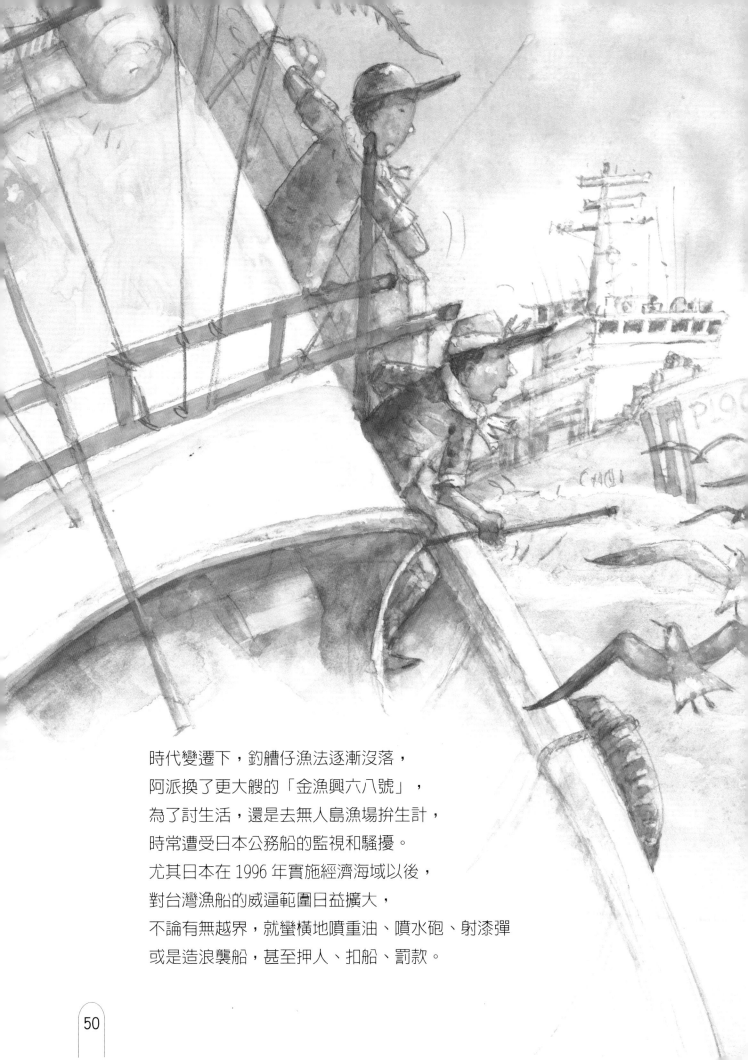

時代變遷下，釣艚仔漁法逐漸沒落，
阿派換了更大艘的「金漁興六八號」，
為了討生活，還是去無人島漁場拚生計，
時常遭受日本公務船的監視和騷擾。
尤其日本在 1996 年實施經濟海域以後，
對台灣漁船的威逼範圍日益擴大，
不論有無越界，就蠻橫地噴重油、噴水砲、射漆彈
或是造浪襲船，甚至押人、扣船、罰款。

2005 年南方澳漁船包圍日本公務船事件 *，
就是長久以來被欺負的漁民忍無可忍的結果，
金漁興六八號當時回港整補，所以沒參加，
但阿派和所有漁民的心情都相同，
有著深深的無力感與憤怒：
「憑什麼日本人在無人島劃紅線？
海底是要怎樣劃紅線？
劃來劃去都是他們講了算？」

為生存 護漁權

2012 年，日本宣布要將釣魚台國有化，
釣魚台的主權，不是日本人的，
他們只有美國人給的行政權，
就不斷壓迫台灣漁民的漁權，
一旦國有化，廣大的漁民就不能到這個傳統漁場，
漁民又驚又怒，
蘇澳區漁會號召在地漁船前往無人島抗議。

阿派已經六十七歲，在家人支持下，毅然加入，
和七、八十艘漁船，無畏於颱風來臨前的風雨，
開往無人島，抗議日本幾十年來的欺壓、霸凌，
宣示守護主權、漁權的決心。

船隊出海之前，總指揮去南天宮、
北方澳遷村後新建的進安宮這兩間媽祖廟，祈求平安。
九月廿四日下午三時，船隊在風雨中出發。

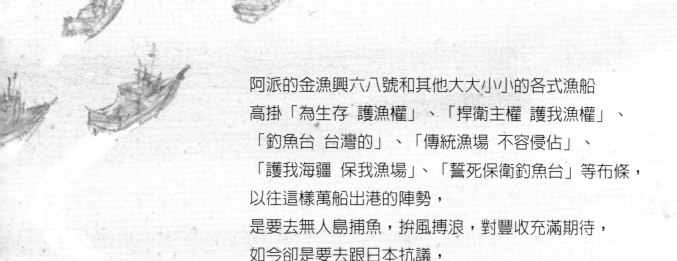

阿派的金漁興六八號和其他大大小小的各式漁船
高掛「為生存 護漁權」、「捍衛主權 護我漁權」、
「釣魚台 台灣的」、「傳統漁場 不容侵佔」、
「護我海疆 保我漁場」、「誓死保衛釣魚台」等布條，
以往這樣萬船出港的陣勢，
是要去無人島捕魚，拚風搏浪，對豐收充滿期待，
如今卻是要去跟日本抗議，
唉！阿派不自覺地深深嘆氣。

晚上，風雨更大了，頂著七、八級的風浪，
廿五日清晨五點，船隊抵達無人島外海 15 海浬。
無人島尖岩和四周洶湧的浪峰，
都染上金色的晨曦。

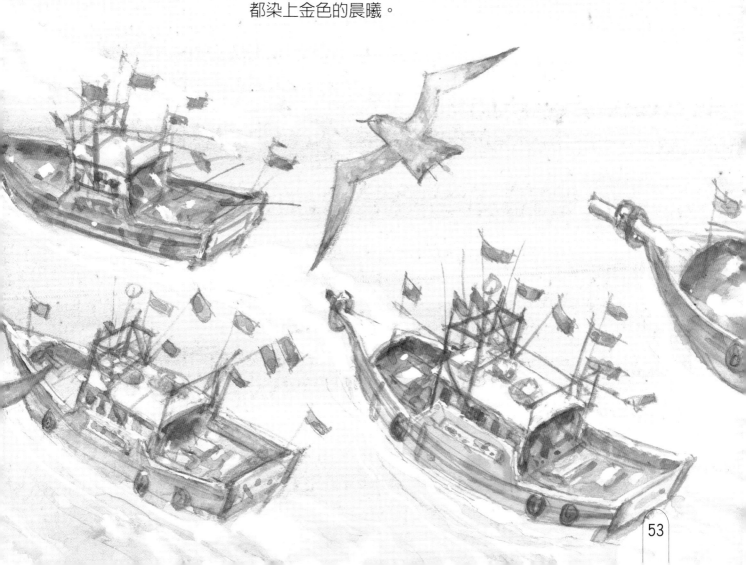

「大家小心，日本船在前頭，分散開來！不要被撞。」
無電線對講機響起了總指揮的聲音，
只見一、二十艘日本公務船正往船隊駛來。
好幾架日本直昇機在天上盤旋、監視，
日本的公務船用擴音機和跑馬燈要台灣漁船離開，
船隊不理會，繼續在風浪中衝到 12 海浬，
日本公務船紛紛開過來阻擋，
噴水、造浪、放黑煙，手段盡出。

一艘日本公務船突然蛇行對著金漁興六八號靠過來，
緊接著甩尾，巨大的側浪打向左舷，船身劇烈搖晃，
阿派來不及氣憤，急忙轉舵，在驚濤駭浪中前進，
目光掃向周遭，不少艘漁船都被這樣干擾，驚險萬分。

抗議船隊無懼於日本公務船的水柱攻擊，
勇敢地衝進了距離無人島 6 海浬處，
日本公務船不斷向漁船噴水柱，
護衛的台灣海巡船就噴回去，場面猶如戰爭。
最外圍的兩艘漁船更是一左一右闖進 2.1 海浬，
再靠近就是無人島邊的礁岩區了，便不再前行，
上午九點左右，總指揮通知船隊返航，行動宣告完成。

老船長的願望

這場驚心動魄的 2012 年海上保釣行動，
台灣漁民以行動來守護傳統漁場的決心，震驚世界，
第二年，日本終於在台日漁業會談上
重啟被他們片面擱置十六年的協議，
簽定了「台日漁業協議適用海域 *」，
漁民增加了作業海域，
但釣魚台 12 海浬內海域仍然是禁區。

該年夏天，阿派退休，離開了無人島的風浪，
但他仍心心念念漁民的生計，
除非颱風下雨，早飯後就騎機車上山到觀景台，
遠眺拚搏一生的大海和無數次平安返航的第一漁港，
然後到魚市場看漁船卸貨、拍賣，
最後再到南天宮上香祈福。

今天這場「拚無人島」的小戲，阿派看得很入神，
小戲演出 2012 年海上保釣最激烈的對峙場面時，
高昂的鏗鏗鼓聲，讓阿派激動不已。
小戲結束後，「媽祖有保庇，大家沒代誌！」
全體小戲演員向廟內的「金媽祖」神像鞠躬謝幕。

阿派沒有馬上離開，他在香爐前看著百年漁港，
點起三炷香，心裡默默祝禱著：
我們從父祖輩好幾代以來在無人島捕魚，
希望有一天，子子孫孫能重返那片豐碩的漁場，
自由地登島、捕魚，
能夠驕傲地說出：「釣魚台主權是我們的！」

鮪魚季才剛開始，阿派期望明天的魚市場，
來自無人島海域的鮪魚大豐收。

後記　種下保釣的種籽　陳美霞（釣魚台教育協會創會理事長）

2012 年，保釣老將林孝信和夥伴推出釣魚台教育工作；2015 年，林孝信逝世，為延續其「釣魚台公民教育」的遺志，同志們於 2017 年 1 月創立「釣魚台教育協會」，更有系統地推動並開始擴展，與漁民攜手合作共同進行釣魚台教育啓蒙工作；2021 年適逢「保釣五十周年」，本協會規劃一系列的紀念活動，從論壇、遊行到繪本、紀錄片、民俗小戲……等，本書《抾無人島》，正是其中一項成果。

本書主角「阿派」大半生在釣魚台海域捕魚養家活口的經歷，脫胎自本會 2019 年「凝視百年漁場記憶：追尋南方澳漁業變遷與釣魚台海域勞動生命史」口述歷史計畫，訪調員深度訪談南方澳及頭城曾經在釣魚台海域捕魚、或曾經上過釣魚台、或曾經參與 2012 年「為生存，護漁權」海上保釣行動的 32 位中老年齡層的漁民。這些訪談鮮活地反映了漁民對釣魚台的深厚感情、捕魚維生的艱辛、對釣魚台被日本侵佔的憤怒或無奈，也反映了他們對日本殖民主義與帝國主義的批判，這些資料成為本會推廣釣魚台公民教育及啓蒙工作的絕佳教材，為使釣魚台教育能向下扎根、擴及下一代，決定以適合青少年閱讀的繪本形式發行。

《抾無人島》文圖並茂，呈現釣魚台海域做為百年來台灣傳統漁場的重要性。冀望社會大眾深切了解：維護釣魚台的主權及漁權，不只是 1970 年代迄今保釣知識分子奮鬥的目標，更關乎好幾個世代以來台灣漁民生存、生計、生活之所繫。

主編的話　林宏隆

2021 年 4 月 15 日，釣魚台教育協會和蘇澳聖湖社區合作的「拚無人島」民俗小戲，在南方澳南天宮媽祖廟口登場，鼓聲陣陣，如浪起伏，我深受感動，因而改變了正在進行中的繪本故事線，從穿越時空的「無人島歷險記」，轉爲「拚無人島」的在地故事。

在此特別感謝蘇澳區漁會理事長蔡源龍，慷慨提供他精彩的漁業人生故事以及在釣魚台海域的閱歷，成爲本書的重要情節；同時也感謝協會的蘇澳漁業界代表林月英、楊德信、林新川等人對故事和繪圖提供了寶貴意見，以及協會二位幹部卓淑惠與陳慈立的全程協助。

感謝編輯李淑楨接手改寫故事，以及繪者張振松一筆一畫「純手工」地爲本書帶來既寫實又魔幻的生動畫面，讓我們透過阿派在釣魚台海域戰風戰浪的歷程，看見台灣漁民不屈不撓的鬥志與尊嚴。

撰文者的話　李淑楨

從主編手裡接棒撰寫阿派的討海人生，查閱資料時，看見一則 1966 年的新聞：「台灣各地近海漁船由今天起將大批出動，前往無人島北面海上圍捕鯖魚。」感觸良深。那是青年阿派已經熟悉了無人島海域的星月風浪、精進捕魚技術的年代，日本人尚未蠻橫阻擋台灣漁民捕魚、登島，無數像阿派這樣敢於挑戰風浪的漁民，在那裡打拚賺生計。多希望這樣的日子，早日重返。

繪者的話　張振松

以爲可以上漁船感受一下討海的氛圍，
以爲可以踏訪無人島，
結果都是妄念，到頭只能靠資料、照片、老船長的口述，
再加上啤酒催化的想像，終於
我像跟隨阿派，在海上探望了無人島。

附註

討四季海（p3）

隨著季節、魚汛地點的移動來捕各種魚，例如農曆正月在南方澳近海捕鯖魚，五、六月到夏天，去無人島捕鰹魚。東北季風起，在近海或無人島鏢旗魚；年底烏魚季去高屏沿海抓烏魚。

「拚無人島」小戲（p4）

釣魚台教育協會於 2020 年與蘇澳聖湖社區合作推動之保釣民俗活動，2021 年 4 月 15 日在南方澳南天宮廟埕首次公演，由劉漢興導演，重現早年南方澳漁民拚無人島、後來被日本公務船驅趕和 2012 海上保釣的過程，藉以表達南方澳漁民對於重返無人島自由捕魚的期望。

金媽祖（p4）

南方澳第一漁港港頭的「南天宮」媽祖廟興建於 1950 年，1990 年擴建時，打造純金的「金媽祖」神像，於 1995 年落成。

鏢頭（p8）

架在船艏的台子，鏢魚手站在上面尋覓魚蹤、鏢旗魚。漁民在鏢魚季之後，鏢釣船卸下鏢頭，放在港邊，漁船放上竹筏，變身釣鰹魚的釣艚仔漁船。

中心礁（p9）

蘇澳灣中央的礁岩，「沒有游到中心礁仔，就不能算是南方澳囡仔」，是昔日南方澳孩子練習泳技的座標。1974 年蘇澳商港動工興建後，將中心礁炸毀。

海水浴場（p9）

位於南方澳第一漁港北邊沙灘，闢建於日本時代，後因 1970 年代蘇澳商港興建而消失。

水產（p11）

蘇澳區漁會舊漁會大樓暨第一拍賣市場，坐落於南方澳第一漁港港尾，現已拆除；前身為 1923 年南方澳建港竣工後於 1925 年設立的「水產拓殖株式會社」魚市和拍賣場，因此早年南方澳人習慣稱呼魚市為「水產」。

釣艚仔（p11）

船上帶著十數張竹筏到漁場後，船員下筏釣鯖魚鰹魚的漁法。

丟包子（p12）

新船下水的祭拜儀式後，船主向船下的眾鄉親拋撒包子、麻糬，象徵魚群吃餌，滿載而歸。

煮飯仔（p15）

新手船員必須先從煮飯雜務開始歷練。瓦斯尚未普及的年代，出港前，煮飯仔得提早一個小時挑柴、挑水到船裡煮好飯，非常辛苦。

紅火心（p15）

南方澳漁港出海口北側的北方澳山頂有座北方澳燈塔，早年沒有衛星導航，船隻夜間進港全靠燈塔的燈光為指標。燈塔的燈光為紅、白二色，當船隻從外海看燈塔燈光呈紅色時，船隻的位置就是燈塔的正東方，往北、往南移動再看它，紅燈變白燈，北方澳燈塔的光照區達 12 海浬，這片海域俗稱「紅火心」，是蘇澳沿近海重要的漁場之一。

龜爪出（p15）

龜山島東南方海面，漁船駛出南方澳港往東北行，看著龜山島，當可以見到龜的左腳露出龜首時，這附近的海域就叫龜爪出，是蘇澳沿近海重要的漁場。

報頭（p27）

海上因東北季風鋒面或劇烈氣候變化所引起的暴風雨。

海芙蓉（p36）

生長在海濱、礁岸的菊科植物，植株曬乾後為中藥材，具有生筋活骨等療效。

南方澳漁船包圍日本公務船（p51）

2005 年 6 月 8 日，一艘南方澳漁船在釣魚台海域遭日本公務船騷擾，50 幾艘漁船憤而包圍日本公務船，日本輾轉聯繫我外交部，為避免台日衝突，海巡艦前往為日本公務船解圍。漁民回港後以漁船集體包圍海巡署，表達不滿。

台日漁業協議適用海域（p57）

2013 年 4 月 10 日簽訂，範圍是不含釣魚台 12 海浬以內的釣魚台周邊海域，約近 7 萬平方公里。合約簽訂的最初三年，每年平均八百艘以上台灣漁船在此作業。

參考資料

★「凝視百年漁場記憶：追尋南方澳漁業變遷與釣魚台海域勞動生命史」口述歷史，2019，釣魚台教育協會

★「重返無人島」漁民口述，2020，「重返無人島」紀錄片團隊，釣魚台教育協會

★蔡源龍 臉書 https://www.facebook.com/people/%E8%94%A1%E6%BA%90%E9%BE%8D/100012506379511

★南方澳舊事 臉書 https://www.facebook.com/groups/1165045013538131/

★「老船長口述歷史調查計畫」專欄，2016-2020，蘭陽博物館電子報 https://www.lym.gov.tw/ch/collection/epaper/current-enews-list/

★拚無人島〈一〉專題，擱淺無人島、南方澳漁民的大金庫，賴榮興訪談江錫鈴，2020.8，蘭陽博物館電子報 n119，https://www.lym.gov.tw/ch/collection/epaper/epaper-detail/8bd7328d-c1bc-11ea-94d3-2760f1289ae7/#

★鯖金歲月：南方澳大型圍網紀實，海上攝影 胡開山 / 文字 賴榮興，2014，蘭陽博物館

★北方澳：溯源‧傳奇‧故事，賴榮興 著，2015，蘭陽博物館

★王安陽〈與魚共舞〉，APMCA/Journal of Bible，Society，and Economy/ 亞太主流媽祖文化協會，https://usapblog.wordpress.com/category/%E8%88%87%E9%AD%9A%E5%85%B1%E8%88%9E/?order=asc

★台灣の鰹漁業：北部漁場，台灣之水產第二號 大正三年至大正四年，1915，台灣總督府殖產局，台灣圖書館台灣學電子資源

★尖頭諸嶼，台灣南西諸島水路誌，1941，人日本帝國水路部，台灣圖書館台灣學電子資源

★光復後南方澳發展、無人島漁汛、釣魚台爭議等相關新聞訊息，綜合參考台灣民聲日報、中央日報、徵信新聞報、中國時報，公共資訊圖書館數位資源

★低徊魚釣島‧碧空覓巨鯨：銀峰危輪實地採訪錄 全版專題，銀峰輪海難採訪小組，1967.4.15，徵信新聞報，公共資訊圖書館數位資源

★釣魚台探訪記，楊仲揆，1970.8.30，中央日報，公共資訊圖書館數位資源

★請聽漁民們的呼聲：「釣魚台列島是我們的！」，卓然，1970.9.1，中國時報，公共資訊圖書館數位資源

★登臨釣魚台列島，看祖先留下一片洪荒！全版專題，特派記者團：宇業熒、姚琢奇、劉永寧、蔡篤勝，1970.9.4，中國時報，公共資訊圖書館數位資源

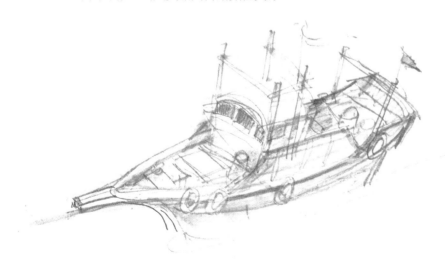

國家圖書館出版品預行編目（CIP）資料

拚無人島 / 李淑楨文字 ；張振松繪圖. -- 臺北
市：社團法人釣魚台教育協會，2023. 12
64 面 ；21 x 28 公分
ISBN 978-626-97987-0-4（精裝）

863.59   112018195

文　　字｜李淑楨
繪　　圖｜張振松
主　　編｜林宏隆
編　　輯｜李淑楨
審　　訂｜蔡源龍‧楊德信‧林新川‧林月英‧陳美霞
　　　　　陳慈立‧卓淑惠‧鍾俞如‧羅萱
策　　畫｜林宏隆‧陳慈立‧卓淑惠
美術設計｜黃淑華

 出版發行｜社團法人釣魚台教育協會
發行人｜陳美霞
地址｜台北市中正區忠孝東路二段 39 巷 2 弄 14 號 3 樓
電話｜02-23918290　傳真｜02-23918291

代理經銷｜白象文化事業有限公司
地址｜401 台中市東區和平街 228 巷 44 號
電話｜04-22208589　傳真｜04-22208505

印製｜中原造像股份有限公司
出版 2023 年 12 月
定價 480 元
ISBN 978-626-97987-0-4（精裝）

釣魚台教育協會官網

臉書

YouTube 頻道

LINE 社群